中国诗人

U0735757

李小平

一著一

ZUI●
醉
WO●
卧
XI●
夕
YANG●
阳

北方联合出版传媒（集团）股份有限公司

春风文艺出版社

·沈 阳·

图书在版编目（CIP）数据

中国诗人. 醉卧夕阳 / 李小平著. —沈阳：春风
文艺出版社，2021.12（2023.8重印）
ISBN 978-7-5313-6084-1

Ⅰ.①中… Ⅱ.①李… Ⅲ.①诗集—中国—当代
Ⅳ.①I227

中国版本图书馆CIP数据核字（2021）第249941号

北方联合出版传媒（集团）股份有限公司
春风文艺出版社出版发行
http://www.chunfengwenyi.com
沈阳市和平区十一纬路25号　邮编：110003
永清县晔盛亚胶印有限公司印刷

责任编辑：韩　喆		**责任校对：**于文慧	
装帧设计：Amber Design琥珀视觉		**幅面尺寸：**125mm × 195mm	
印　　张：9.625		**字　　数：**140千字	
版　　次：2021年12月第1版		**印　　次：**2023年8月第2次	
书　　号：ISBN 978-7-5313-6084-1			
定　　价：38.00元			

序

　　爱我中华，诗词大千。押韵对仗，相对相黏。平仄音美，格律谨严。退休赋闲，拥有时间。照猫画虎，捉笔几番。平素未染，老朽维艰。钦羡古人，才智过仙。天下好句，一应用全。今人何能，再令词鲜。

　　吟诗言志，放歌咏言。当今师古，言志为先。诗为时作，旧体新颜。文不害义，古韵今篇。鉴古创新，盛世畅言。知古承古，依律自然。今不妨古，宽不碍严。不必拘泥，自我为难。

　　边学边试，习作连连。滴水汇聚，竟亦成渊。选就欠琢，两百余篇。自甘露丑，引玉抛砖。夫人襄助，亲自校勘。期寄春风，幸遇韩编。

作者

2021年2月于沈阳

目　录
CONTENTS

雄襟万里

目　录
CONTENTS

目　录
CONTENTS

大美甘南

目 录
CONTENTS

志同韵合

目　录
CONTENTS

目 录
CONTENTS

同窗夕语

目　　录
CONTENTS

目　录
CONTENTS

别样世界

目　录
CONTENTS

目　录

CONTENTS

目　录

CONTENTS

流年逝水

目　录
CONTENTS

目　录

目　录
CONTENTS

目　录
CONTENTS

雄襟万里

行香子·观国庆七十周年盛典述怀

国之盛典，几度梦萦。泪眼望、目不转睛。千红招展，万众欢腾。叹军之威，民之悦，心之声。

七十华诞，神州同庆。喜吾侪、有幸恭迎。少壮图强，老迈逞英。赞国之兴，狮之醒，梦之成。

（2019年10月1日）

苏幕遮 · 年终回想

中美战，无枪炮。"港独"甲由，跳梁小丑闹。东风劲吹西霸恼。螳臂当车，狮醒朝天笑。

强国梦，非缥缈。护国重器，又见山东号。七十漫步阳关道。旭日升东，中华龙首翘。

（2019年12月27日）

临江仙·思念周总理

英雄虽去丰碑在，崇仰思绪迸发。又逢心碎一月八。目观窗外雪，心系海棠花。

高山景行心向往，崇高举世皆夸。圣洁完美冠中华。何处再拜君，天地请回答。

（2020年1月8日）

人月圆·家国俱宁

　　庚子中秋遇国庆，玉兔瞻五星。普天同祝，婵娟与共，国泰家兴。

　　遥望云汉，月明桑梓，故土深情。家旺国盛，国佑家旺，家国俱宁。

（2020年10月1日）

鹧鸪天·溯庚子瞻辛丑

学习中央经济工作会议精神有感。

庚子绝尘华夏骑，流芳青史世唯一。疫情趋缓传捷报，经济回暖攀高梯。

民满意，友称奇，中流辛丑再搏击。双重循环内为主，笑看东风舞赤旗。

（2020年12月20日）

苏幕遮·咏雪抒怀

道铺盐，寒风卷。暗夜絮飘，街路塞车满。数度飞棉今冬罕。凭牖凝思，心跃九天远。

旧幕垂，新戏演。立法研究，后继有人选。身无负重行路远。闲品人生，咏雪勤把盏。

注：2019年12月29日上午，辽宁省地方立法研究会完成换届，我卸任会长。

（2019年12月30日）

渔歌子·崇尚书香

　　勇乔治，文公主，塞翁莎翁英名著。凿借光，锥刺股，匡衡苏秦读苦。

　　万卷破，神笔舞，书到用时急无补。气自华，神来助，书香尽飘东土。

注：每年4月23日为世界读书日，也是塞万提斯的忌日、莎士比亚的生日和忌日。

（2020年4月23日）

附仇晓东词：
渔歌子
小平常有诗词新作，今和其调《渔歌子》填词一阕赞之。

　　诗抒情，词畅意，抑扬顿挫长短句。言真切，语雅丽，吟诵神会佳曲。

观世态，悟情理，引吭慨叹新世纪。学李杜，习格律，挥毫人生天地。

（2020年4月25日）

忆江南·读书好

读书好，书山径为勤。经史子集册册宝，正草隶篆字字金。万卷始通神。

（2020年4月25日）

地方人大常委会设立四十周年有感

春去夏风暖，欣逢不惑年。

民主定大事，差额选要员。

政情按期审，依律择要监。

良法为民立，优境喜无前。

注：1979年7月1日通过的地方组织法规定，县级以上的地方人大设立常务委员会。

（2019年5月6日）

贺新中国海军成立七十周年

水师寻常见，独赞吾海军。

展姿乘东风，扬威骇西魂。

不忘甲午耻，有备己亥拼。

战舰犁碧海，喜看龙腾云。

（2019年4月23日）

贺十三届全国人大三次会议举行

沐雨栉风终见晴，

京门大敞聚群英。

怒目新冠翻浊浪，

缅怀逝者化清风。

堪忧五洲无所措，

务防全球有疫情。

三千代表议大计，

催发九州腾飞龙。

（2020年5月22日）

中华幸有共产党

为庆祝中国共产党成立九十九周年而作。

中华幸有共产党，

九九回眸征程长。

驱倭移山除魍魉，

强国富民达小康。

改革开放五洲惠，

全民抗疫病毒降。

喜盼立国百年日，

梦圆狮醒振八方。

（2020年7月1日）

致敬抗日先贤

为纪念中国人民抗日战争暨世界反法西斯战争
胜利七十五周年而作。

忘记过去即背叛，
居安岂能不思前。
家父转战胶东域，
大姑起义天福山。
先贤泣血驱倭寇，
后生执戈戍四边。
抗战精神冲霄汉，
民族史诗传万年。

注：家父李伯平、大姑李紫辉均为参加抗日战争
的老战士。抗战期间他们转战山东胶东地区。

（2020年9月3日）

致敬天路铁军

《修筑青藏铁路》电视片之"天路之梦""雪域鏖战"观后感。

雪域冻土连天远，
屋脊凌空接云端。
缺氧无补气难喘，
饮水含汞命攸关。
关角塌方生死救，
壮士豪气冲云天。
铁军亦是血肉躯，
天路之梦命来圆。

（2020年9月9日）

科学修筑天路宽

《修筑青藏铁路》电视片之"守望高原"观后感。

天路无双举世罕，
科学修筑攻难关。
突破高原低氧限，
暖棚施工斗严寒。
盐岩路基浇卤水，
挤密沙桩解陷难。
万丈盐桥察尔汗，
一期竣工天路宽。

（2020年9月9日）

跨越冻土无人区

《修筑青藏铁路》电视片之"攻坚克难"观后感。

堪称生命换数据，
初勘二期无人区。
弥散供氧掌子面，
高原氧站破难题。
巾帼忘我战雪域，
排轨铺设无人敌。
可可西里冻土带，
热棒护卫世称奇。

（2020年9月10日）

幸福金桥通天梯

《修筑青藏铁路》电视片之"幸福金桥"观后感。

旷古雪原生态弱，

全力保护"第三极"。

以桥代路护羚羊，

错那天湖严隔离。

绕行避让黑颈鹤，

古露湿地巧迁移。

绿色哈达飘奇迹，

幸福金桥通天梯。

注：青藏高原被称为"世界第三极"。

（2020年9月13日）

勿忘"九一八"

笛鸣三分传凄厉，
钟响十四警天宇。
北大营陷"九一八"，
八十九载不忘记。
经济损失五千亿，
三千余万同胞祭。
咫尺倭贼心不死，
百万雄师神州屹。

（2020年9月18日）

绿江桃花献英灵

为纪念中国人民志愿军抗美援朝出国作战七十周年而作。

千古绿江秋水寒，
阅尽桃花七十艳。
一战惊世扬国威，
告慰英灵十九万。

（2020年10月19日）

喜闻全国实现脱贫目标有感

据2020年11月23日媒体报道，全国832个贫困县全部脱贫摘帽，全国脱贫攻坚目标任务完成。

穷如压顶遮天云，

中华世代难翻身。

九州绿野曾卧殍，

一展赤旗昔非今。

强邦富民争分秒，

举国同心终脱贫。

世纪之功惊天下，

拨云见日降甘霖。

（2020年11月29日）

中华振兴梦有期

学习党的十九届五中全会精神有感。

庚子之疫何所惧，
西风难摧五星旗。
富民强国醒狮屹，
脱贫奔富世称奇。
务近谋远有接续，
聚力凝神争朝夕。
五中全会蓝图巨，
中华振兴梦有期。

（2020年12月2日）

含泪追剧忆先贤

观电视剧《跨过鸭绿江》随感。

抗美援朝七十年，
抬眼犹见漫硝烟。
战场距此路不远，
感人故事逾万千。

时光回溯七十年，
大军跨江参战前。
沈阳政府为备战，
战勤科设任务艰。

先父受命任科长，
服务前线使命担。
紧急修筑飞机场，
战鹰声威震蓝天。

战场后勤靠汽车，
钢铁运输气宇轩。

美机绞杀车损巨，
司机短缺调度难。

汽车学校即刻建，
前线有难后方援。
司机培训任务急，
校长先父一身兼。

一九五三四月初，
烈士遗体临奉天。
黄继光和邱少云，
还有英雄孙占元。

治丧事宜先父办，
另有专人管宣传。
印发三英宣传册，
八一公园停灵棺。

追悼大会结束后，
送葬队伍赴陵园。
沿途民众皆肃穆，
烈士英灵入土安。

先父逸事虽平凡，
引以为傲记心间。
抗美援朝大后方，
人人都曾任在肩。

时年吾辈尚年幼，
未能披挂赴时艰。
尽享和平好时光，
振兴中华冲在前。

鸭江奔流七十年，
杜鹃花香岸两边。
含泪追剧忆先贤，
英雄史诗代代传。

（2021年1月13日）

百年沧桑颂党恩

庆祝中国共产党成立一百周年感言。

画舫南湖荡百年，
九州长空漫云烟。
刀砍倭首净中土，
旗展五星开新篇。
改革一举富家国，
小康两步跃新颠。
镰刀锤头耀日月，
领航万里天地翻。

（2021年2月4日）

赞律师参与立法

参加辽宁省律协立法咨询专门委员会年会有感。

崇宪尚法正气升，

盛世律师乘东风。

服务国家和社会，

维护正义与公平。

建言献策丹心映，

建章立制技艺精。

立法伟业显身手，

无私奉献赤子情。

（2019年1月13日）

七十去调研

七十去调研，行路不畏难。
长途去奔波，多亏意志坚。

七十去调研，信息不如前。
勤问又多看，笨鸟先飞天。

七十去调研，脑海掀波澜。
勤学且多思，又将智慧添。

七十去调研，开会坐中间。
社会多尊重，敬老又尊贤。

七十去调研，会场多青年。
个个都认真，无据不轻谈。

七十去调研，参会不得闲。
主持请讲话，会序已排完。

七十去调研，轮到我发言。

事先有准备，不能无遮拦。

七十去调研，立法续前缘。

退休不卸担，老骥又扬鞭。

（2019年5月27日）

贺辽宁省地方立法研究会第四次会员大会召开

辽沈大地荟精英，

立法伟业众人擎。

二十四载艰辛路，

万千条文唯求精。

政治方向永端正，

为民宗旨不放松。

立会研究是基础，

养会项目须充盈。

学术初心未曾忘，

无私奉献见真情。

（2019年12月29日）

喜待律法屏障添

闻全国人大代表、辽宁省律师协会副会长李宗胜率辽宁省律协立法咨询委诸君拟就生物安全法草案建议稿有感。

病毒突发追疫源，
生物安全纳视端。
立法草案着浓墨，
律师精英擎巨椽。
为国分忧献良策，
代民建言谱新篇。
笑看后浪推前浪，
喜待律法屏障添。

（2020年4月7日）

读《中国日报》一文有感

《中国日报》海外版2020年4月27日刊文，报道了疫情期间，李宗胜等三位律师界全国人大代表提供公益法律服务的事迹，令人钦佩与感动。

宗胜律师，责任盈胸。
心系国家，关注疫情。
解读法律，公众欢迎。
宣传政策，疑释政行。

宗胜代表，代表民声。
急民所急，普法有情。
慧眼独到，秉笔勤耕。
恪尽职守，律界精英。

（2020年5月3日）

赞研究会诸老

为纪念辽宁省地方立法研究会成立二十五周年而作。

二十五番春秋换，
青丝化于白发间。
过眼烟云九霄外，
跻身南山不甘闲。
潜心推敲炼字句，
妙笔纳锦绣江山。
会当律法昭天下，
一壶老酒人尽酣。

（2020年12月1日）

沈阳啊沈阳，我的故乡

试为歌曲《沈阳啊沈阳，我的故乡》填新词。

沈阳啊，沈阳啊，

我的故乡，

屹立在神州北方。

紫气东来，

藏凤凰楼上。

幽陵古松，

阅尽沧桑。

工业长子，

功勋昭彰，

镌刻在

史册之上。

这里有

豪爽好客的老乡，

喜迎宾客，

来自八方。

沈阳啊，沈阳啊，

我的故乡，

前进在胜利路上。

辉山高耸，

沈水又激荡。

东方鲁尔，

迎来曙光。

改革创新，

振兴图强，

共同奔

小康方向。

这是咱

百姓心中的渴望，

众志成城，

再创辉煌。

（2016年6月24日）

大美甘南

到 兰 州

丝路明珠梦中求，
冲天一飞到兰州。
中山桥下黄河水，
阅尽古今俱风流。

（2021年7月7日）

刘 家 峡

兰永沿黄一画廊，
大河泼墨韵流长。
炳灵千佛灵八面，
丹霞万峰惊四方。
舟游碧湖醉山影，
步览电站傲自强。
洮黄交汇浊清见，
天地人间细端详。

注：1.“兰永沿黄”指兰州至永靖沿黄河一级公路。

2. 刘家峡水库，是“一五”期间我国自行设计、自行施工、自行建造的大型水电工程。

3. 黄河最大支流洮河，在刘家峡水库西峡口处与黄河交汇，洮浊而黄清。

(2021年7月7日)

蓝色黄河

雪山奔来扬碧波，

宁静舒缓又洒脱。

宽阔胸怀雅量大，

完胜蓝色多瑙河。

注：甘南游途中，见一标语称"蓝色黄河，魅力
永靖"。而后果然见识了名副其实的蓝色黄河。

（2021年7月8日）

甘加草原

甘加草原藏天边，
央曲河绕八十弯。
达里加山弄云海，
八角城垣倚青天。
羌笛一曲何处觅，
藏羊遍野谁家牵。
身临高原心如水，
远眺夕阳赛神仙。

（2021年7月8日）

拉卜楞寺

大夏河奔汇大河，
拉卜楞寺继衣钵。
嘉木样承格鲁派，
显密二宗续修得。
两千经筒转四序，
六所扎仓富五车。
大论五部繁博奥，
格西获颁有几多。

注：1. 格鲁派，藏传佛教宗派之一，由宗喀巴所创。

2. 嘉木样活佛，格鲁派僧人，驻锡拉卜楞寺，是拉卜楞寺最大的活佛系统。

3. 显宗和密宗，皆为中国佛教的宗派。

4. 拉卜楞寺设有六大佛学院（扎仓）。

5. 五部大论，系指印度大乘佛教的五部论典。

6. 格西，系藏传佛教格鲁派寺院的学位。

（2021年7月8日）

桑科草原

绿毯飞来落高坡，
藏包几座一道河。
茶香飘过笑语至，
欢迎远客到桑科。

（2021年7月9日）

则岔石林

看罢则岔不看山，
千峰神异万仞仙。
敢与路南相媲美，
独一无二位高寒。
喀斯特历四亿载，
格萨尔开一线天。
雄奇险峻天然造，
岁月摧破磐石坚。

（2021年7月9日）

尕 海 湖

千里跋涉寻圣湖，
一睹芳容难移足。
仙姬采花遗翡翠，
龙女恋凡化明珠。
烟波浩渺水如镜，
翔集高飞鸟呈图。
世人皆云家乡好，
天外有天庐外庐。

注：尕海湖，系甘南草原第一大淡水湖、甘肃省
第一大高原淡水湖。

（2021年7月9日）

黄河第一弯

九曲黄河十八弯，
甘川二弯称领衔。
唐克居顶玛曲侧，
天下第一携手担。

注：甘肃省甘南藏族自治州玛曲县有"天下黄河
第一弯"，四川阿坝藏族羌族自治州若尔盖县唐克
镇有"黄河九曲第一弯"。

（2021年7月10日）

眺九曲黄河落日

滚滚大河来天际，

浓浓乳汁润无期。

赤日凌空耀中华，

穿云破障会九曲。

（2021年7月10日）

河 曲 马

膏腴之地育宝骏，
河曲名马出河曲。
水草丰美料仓满，
气候温润骥乐居。
热尔钦湖翔水鸟，
格萨尔诗续传奇。
笑看乔科驰天下，
神州跨上千里驹。

注：河曲马又名"乔科马""南番马"，系中国三
大名马之一。

（2021年7月10日）

朗木寺镇

两省两县共一镇，
朗木寺镇藏甘川。
一条白龙穿街过，
三座寺院透庄严。
黑虎女神从王母，
朗木祖母守圣泉。
神秘热土世罕见，
大美江山色斑斓。

注：朗木寺镇坐落着朗木寺、格尔底寺和河北清真寺。

（2021年7月10日）

临若尔盖草原缅怀红军

高原绿洲若尔盖，

沼泽湿地嵌花湖。

蓝天高阔悠思远，

白云缱绻哀绪浮。

松潘草地英魂烈，

巴西会议危难纾。

百载辉煌血染就，

笑看神州起宏图。

注：若尔盖草原世称松潘草地。长征时众多红军
将士长眠于此。

（2021年7月11日）

扎尕那

三道石门守石匣，
群峰穿云铸天华。
雾霭茫茫掩藏寨，
梯田层层接晚霞。
润吾沟内隐玉帝，
仙女滩上藏夏娃。
桃源主人世居地，
凡尘访客梦中家。

注：扎尕那，藏语意为"石匣子"，是位于甘南州迭部县的天然古石城。近百年前美籍奥地利人约瑟夫·洛克形容，此地堪比亚当、夏娃的诞生地。也有人誉之为"神仙的后花园"。

（2021年7月12日）

拉尕山

三山环抱一藏寨，
大美峰谷隐舟曲。
清溪幽涧圣泉涌，
雪峰松坪神湖奇。
羌氏土蕃民俗厚，
朵迪群舞远古遗。
桓水南岸绿翡翠，
藏乡江南名不虚。

（2021年7月12日）

参观俄界会议旧址有感

雪山草地两度艰，

右倾分裂祸又连。

系统揭批张国焘，

坚决斗争必纠偏。

路线守正军心振，

部队整编战力添。

坚定北上去抗日，

确保长征到陕甘。

（2021年7月13日）

越是艰险越向前

参观俄界会址、茨日那毛泽东旧居、腊子口战
役遗址有感。

草地雪山岂能拦，
分裂行径属枉然。
木楼令下限三日，
仙人桥后越三山。
天险突破腊子口，
通道洞开入陕甘。
红军俱是英雄汉，
越是艰险越向前。

注：长征途中，1935 年 9 月 12 日，中共六届中央
政治局于甘肃省迭部县俄界召开扩大会议，听取
毛泽东关于今后行动方针的报告；通过关于张国
焘的错误的决定；确保了中央北上战略方针的
落实。

　　9 月 13 日，毛泽东在茨日那村所居木楼，下达

"以三天的行程夺取腊子口"的命令；15日经仙人桥过白龙江，翻越三座大山，向腊子口挺进，与先头部队会合。

16日下午，红军先头部队逼近腊子口，17日拂晓攻克甘南要隘天险腊子口，为北上打开通路。

(2021年7月13日)

官鹅沟一瞥

飞瀑狂泻似雷鸣，
涧水奔流赛白龙。
巨石嶙峋苔上树，
更有碧湖卧半空。

(2021年7月14日)

天边草原若尔盖

蓝天白云绿草原，
乌黑牦牛竞悠闲。
雪白藏羊撒珠玉，
骏马飞驰奔天边。

（2021年7月14日）

临哈达铺有感

几份报纸传佳讯，
恰如旱禾逢甘霖。
"定要大家食得好"，
杀猪宰羊犒三军。
星火点燃陇南地，
军民鱼水一家亲。
坚定陕北落脚点，
长征自此建殊勋。

注：当年，中央红军长征到达哈达铺，在邮政代
办所发现国民党报纸上刊登的陕北红军坚持斗争
的消息。

（2021年7月15日）

志同韵合

阮郎归·乌拉盖草原

赏仇晓东旅游佳片而作。

山青湖碧衬空蓝，格桑绽水湾。毡白葵黄缀绿原，地远心悠然。

乌拉盖，在天边，勇者方有缘。四轮飞转海扬帆，夕阳天外天。

（2020年8月30日）

阮郎归·彰武大清沟

赏李知健旅游佳片而作。

　　称奇天下大清沟，平湖环沙丘。金滩红伞伴轻舟，白云空悠悠。

　　人罕至，心无求，出世便无愁。山花烂漫开初秋，盛世如清流。

(2020年8月30日)

赞晓东出游

老友晓东年逾古稀驾车出游，赏其
沿途所摄佳照有感并遥祝一路平安。

其一

古稀驾车翁，一路向西南。
遥赏秦岭雪，近观蜀道难。
清流尝川味，雅康品田园。
海螺望晓月，泸定铁索寒。
放眼好河山，顿首古今观。
挚友遥相祝，愿君旅途安。

其二

沧桑雪山做见证，
大渡河水诉衷情。
若无当年红军勇，
安得河山一片红。

(2018年4月9日)

欢迎九洲

闻老领导、辽宁省人大常委会原副主任董九洲
加入南山诗社而作。

欢度戊戌年，迎君入"南山"。
九天敢揽月，洲上赏鸠斑。

（2019年1月13日）

"南山"颂

北塔巷口夕阳斜，
柳条湖畔现诗家。
旧时圣殿堂中客，
今攀南山绘晚霞。

注：辽宁省人大常委会机关退休干部成立的诗社
名"南山"。

（2019年1月15日）

老来更要强

欣赏摄友王泰玲所荐最老的男声四重唱有感。

老势不可挡，老去亦正常。
老态无须怜，老来更要强。

（2019年1月26日）

赏宫正奇荐《水墨丹青·诗意中国》和九洲

水墨丹青意悠远，
千古佳句韵无限。
中华文明五千年，
大美诗画万代羡。

（2019年3月13日）

附董九洲诗：
黑白神化间，意境无限远。
人与自然美，诗词妙相传。

观晓东滇游佳照戏语

(一)

宜良樱花胜东京，
沙林高耸奇风景。
牛街菜花梦中开，
飞瀑通天九龙骋。
多衣河缓波纹宁，
雪花拍岸涛声送。
橘衣俊叟晒英姿，
彩云之南留倩影。

(2019年4月1日)

(二)

2019年4月4日沈阳出现严重扬尘
天气，友晓东恰游至云南元谋土林。

沈阳扬土漫天尘，

飘飘洒洒落土林。

黄蓝浊净两重天，

尽享清新元谋人。

壮观土林身披金，

斜阳辉映千尊神。

鬼斧神工天造化，

万里不负觅景人。

（2019年4月4日）

（三）

来三去七抗浪鱼，

抚仙湖水赛琉璃。

十三雪峰腾玉龙，

黑白欧鲁护纳西。

泸沽湖畔摩梭居，

阿注爬楼阿夏期。

木爷骑虎跳金沙，

十里空棺成传奇。

（2019年4月14日）

观知建摄老龙头佳景有感

老龙头傲渤海边，
天下第一赞雄关。
蓟镇总兵筑石隄，
澄海楼顶连青天。
雄襟万里多壮阔，
一勺之多放豪言。
受益唯谦铭座右，
有容乃大海量宽。

注："雄襟万里"乃山海关老龙头澄海楼上之匾额，为明大学士孙承宗所书。"一勺之多"乃澄海楼下一块石碑上的铭文，语出《中庸》："今夫水，一勺之多，及其不测，鼋鼍、蛟龙、鱼鳖生焉，货财殖焉。"

（2019年5月16日）

读同人陈会远《往事留存》有感

往事堪回首，据实细铺陈。

妙笔生华章，追忆长留存。

寻根何痴情，凝思唯求真。

生命诚可贵，雁过终留痕。

（2019年9月30日）

读知建赠李传文《涂鸦集》有感

华彩飞扬跃纸间，
诗如其人落笔端。
纯厚深沉无彰显，
忠诚执着不逐澜。
帅照数十展千态，
瞻言百里纳万川。
虽叹英年驾鹤早，
却喜天上麒麟添。

注：李传文，辽宁省人民政府办公厅原副主任。

（2019年12月12日）

赏摄友宁国刚《东欧游》有感

宅家静作《东欧游》，

珍贵记忆萦心头。

欧洲胜景片中现，

扼要图解才思流。

曾几何时疫危世，

猝不及防惊全球。

云游四海心目悦，

胸怀五洲壮志酬。

（2020年3月16日）

欣忆东北边疆行

都说人老爱念旧，
其实边疆行不久。
难得同事携同程，
最喜昔照念昔友。
毒恶暂堵云游路，
梦好常忆途中酒。
人生在世友几何？
他日四海再聚首。

（2020年4月14日）

高斋晓开卷

赏摄友崔立文摄《疫情中的沈阳市图书馆》有感。

疫拆社交圈，难封知识园。

口罩紧贴面，座席间隔宽。

读者默读静，蜜蜂采蜜酣。

高斋晓开卷，上下古今观。

（2020年4月20日）

立文精神赞

爱书爱摄爱游历，
勤学勤拍勤猎奇。
双足频出阡陌入，
一镜畅扬万众迷。
胸怀大千虚若谷，
腹藏诗书情自怡。
落霞飞天展七彩，
老牛躬耕自奋蹄。

（2020年4月25日）

赞文友陈银泉

手不释卷，神采飞扬。

终日遨游，知识海洋。

秉笔立法，文案徜徉。

精力无限，老当益强。

(2020年5月11日)

赏晓东辽东游佳片有感

辽东山高水又长，

民风淳朴胶辽腔。

如画江山一盆景，

健身怡情志四方。

（2020年8月15日）

自愧不敢当

社长谬夸奖，自愧不敢当。

诗词韵无限，敝人识有疆。

南山百花艳，北国一社香。

不揣砖之陋，以短引众长。

注：社长，乃南山诗社社长赵永生。

（2020年10月20日）

附赵永生诗：

赞小平勤奋创作

天道能酬勤，小平卓不群。

美图颇养眼，诗意诲人深。

篇篇是佳作，首首动我心。

诗社添光彩，可嘉是精神。

赞晓东秋游

辽东胜景总宜人，
君逢重阳溢素襟。
黄椅山间走红运，
河口桥畔敬忠魂。
蟹黄虽少肉肥厚，
红叶不多地铺金。
抚景兴叹生佳句，
东江虽缓岁月奔。

注：辽宁宽甸河口乃当年中国人民志愿军出国作
战出发地之一。

（2020年10月30日）

贺泰玲归国

异域天边助儿孙，
岂料庚子疫袭人。
关山阻隔思桑梓，
枫叶难留牡丹心。
万水千山飞归雁，
千难万险历艰辛。
只待迈上黄土地，
海外归子享甘霖。

（2020年10月30日）

赞挂壁公路筑路英雄

赏晓东所摄南太行挂壁公路有感。

路挂半山飘云彩，

太行飞鸟惊翅拍。

悬崖凌空洞连路，

绝壁如砥车成排。

一路接天通四海，

双手凿出幸福来。

愚公移山今何在，

英雄峭壁坦途开。

（2020年11月4日）

壶口瀑布赞

赏晓东壶口录像有感。

黄涛涌入口，壶底浪滔天。
水花溅近岸，吼声震远山。
瀑挂漫白雾，龙腾升紫烟。
绵延一万里，浩荡十万年。
身临惊魂魄，时常萦梦端。

注：黄河全长约5464公里；在距今十万至一万年
间逐步演变为从河源到入海口上下贯通的大河。

（2020年11月10日）

笔端天地宽

赏诗友宫正奇《墨韵抒怀》书画作品集有感。

墨韵抒怀阔，笔端天地宽。
空山鸟语脆，繁花蛱翅翩。
临池千日苦，丹青百年传。
北国夕阳艳，南山寿石坚。

(2021年1月28日)

附宫正奇诗：
草行篆隶龙蛇舞，
花鸟云山沟壑泉。
临池千日寒梅苦，
丹青百年有人传。

悼念知远老领导

南征北战报国身，
百年未了赤子心。
教科文卫建功业，
东北辽沈留印痕。
一心为民享美誉，
两袖清风铸碑文。
酒洒三盏祭尊长，
泪飞九霄送忠魂。

注：张知远，辽宁省人民政府原副省长、省人大常委会原副主任。

（2021年2月5日）

同窗夕语

念奴娇·下乡五十年纪念会

大厦厅堂，有盛典，花甲古稀荟萃。华辞美乐，怎抵得，欢声笑语鼎沸。寻同窗友，侃知青事，合影须排队。情深谊浓，纵然无酒也醉。

歌激越舞激越，众心更激越，高亢至伟。峥嵘岁月，半世纪，贵在静思回味。生难逢时，命运可抗争，安康为最。盛世今遇，相约耄耋再会。

（2018年9月13日）

采桑子·祝福许明

　　许兄欢宴昔学友，情重谊浓。广施善行，受者甚众念毕生。

　　自然律法虽威凛，奋勇抗争。天若有情，定助神力驱疾凶。

（2019年9月12日）

行香子·夜大学友聚首述怀

　　四十春秋，几度梦萦。昔同窗、今又重逢。千言忆旧，万盏传情。叹月当灯，轮作履，书为朋。

　　七十华诞，神州同庆。喜吾侪、有幸恭迎。少壮图强，老迈逞英。赞国之兴，狮已醒，梦将成。

（2019年10月4日）

忆王孙·打场

寒天冻地雾茫茫，醒梦黄粱墙染霜。护顶棉冠身未僵。打场忙，翘首炊烟飘泥房。

注：五十二年前余曾于辽北下乡插队落户。

（2020年5月9日）

我还记得　我忘不了

参加高中老师同学聚会有感。

我还记得全班多数同学的学号，

还记得邱萍老师讲授俄语的腔调，

还记得激情演唱《欧阳海之歌》的旋律，

还记得集体朗诵《接班人之歌》的自豪。

还记得在辽北农村肆虐的风沙和井水苦涩的盐碱味道，

还记得在广阔天地与同学并肩挥汗战天斗地的辛劳，

还记得在公社机关夜以继日刻印"最高指示"的忘我，

还记得在乡村中学教书育人辛勤耕耘备课通宵。

我忘不了往日加班熬夜查资料写出的报告，

忘不了多年字斟句酌改法规取得的成效，

忘不了曾为教科文卫事业奋斗收获的喜悦，

忘不了为民主法制建设尽力哪怕微不足道。

忘不了我们的母校是著名的二十中，
忘不了光荣的高二四是我们的骄傲，
忘不了同学的深深情谊，
忘不了老师的谆谆教导。

(2013年9月18日)

北 枫 赞

北枫挺立沈水湾，

沐雨经霜展新颜。

笑傲夕阳奏金曲，

欣逢盛世续华篇。

寻常小胜堪为赞，

金色大厅待登攀。

天籁之音凌霄日，

吾辈把盏庆凯旋。

注：“北枫”喻沈阳市二十中学老三届北枫合唱团。

（2014年1月）

母校沈阳二十中六十年校庆有感

日出东方亮，路远步履轻。

枝头喜鹊叫，二十聚精英。

母校办庆典，俭朴创新风。

辉煌六十载，青史铸英名。

北枫合唱团，艺高来抒情。

校友齐捧场，乐翻艺术宫。

少小做同窗，老迈喜重逢。

人生有期限，情谊无限浓。

（2015年9月29日）

贺邱萍老师八十寿辰

鹤发童颜八十整，
桃李满园功业成。
传道宛若燃蜡炬，
授业犹闻吐丝声。
福如东海长流水，
寿比南山不老松。
花甲学子师恩颂，
肺腑之言寄深情。

（2015年12月9日）

纪念上山下乡五十周年有感

寒窗苦读方启蒙，

上山下乡正青葱。

田间锄禾健体魄，

雾里看花悟人生。

奉献社稷五十载，

尽展忠孝一代情。

夕阳正红逢盛世，

笑看寰宇起苍龙。

（2018年4月22日）

谢洪斌赐作

昔日中共辽宁省委党校同学吴洪斌信笔将拙诗"夕照湖鸭"铸成书法，令余感动。

洪斌神来笔，翰墨寄深情。
无时不习练，有志事竟成。

（2019年5月10日）

与党校同学相聚有感

（一）

遥想一九八五年，
党校求学入"培三"。
文凭履历炙手热，
苦读洒汗滴足前。
人生一世何其短，
机遇二字谁等闲。
辛苦付出终白首，
难得健康与平安。

（二）

朝晖普照润万物，
夕阳西下天外天。
莫惜双腿游世界，
清茶一杯读华篇。

忙中弄孙非牛马，

闲来会友杯莫贪。

报国不忘献余力，

强华梦中笑开颜。

注："培三"乃培训三班简称。

(2019年5月10日)

岁月难阻不了情

己亥暑气蒸，古稀回康平。

直奔西关屯，羊汤味正浓。

康平县领导，款待老知青。

故地设便宴，浓汤即深情。

回望五十载，插队别沈城。

栉风又沐雨，自此悟人生。

汗挥觞频举，笑语盖欢声。

岁月难阻断，人间不了情。

（2019年7月28日）

赏笑翁"喜迎鼠年"佳作有感

生肖行首属，命盛兼通灵。

一咬天地开，创世建奇功。

前趾四后五，奇偶同体生。

笑翁运神笔，庚子红运通。

注："笑翁"乃擅长绘画的二十中学长周良昌。有资料称，鼠的前爪各为四趾，后爪各为五趾。

（2019年12月18日）

秋 思

赞吴洪斌书法马云兴诗。

(一)

潇洒吴字配马诗，
平分秋色正应时。
一日不见隔三秋，
多事之秋更相思。

(二)

云淡风轻秋气爽，
兴之所至赋诗忙。
好运迟来心勿躁，
诗书礼乐解彷徨。

(三)

洪荒之力铸书魂，

斌斌蕴厚益于勤。

好学深思心恬淡，

字字珠玑玉缤纷。

（2020年8月7日　立秋）

赞良昌绘百米长卷

七旬笑翁技不凡，
百米长卷绘河山。
浓墨重彩运神笔，
磨杵成针志弥坚。
万水千山盛世现，
家国情怀涌笔端。
琴棋书画常相伴，
休闲娱乐度晚年。

（2020年9月28日）

赞英杰傲梨园

赏王漓江所发姚英杰京剧表演录像有感。

"培三"学友多才俊，
英杰堪称姚叫天。
相去盛京六百里，
称雄舞台二十年。
继承国粹精绝技，
坚守爱好毅非凡。
字正腔圆唱盛世，
夕照虽暮色斑斓。

（2020年11月11日）

家亲情牵

好事近·七十一岁感怀

年届七十一，浑噩不觉衰老。昔劳碌今解甲，健身兼动脑。

人生如旅路千条，平安健康好。家国情怀为大，笑论功名小。

（2019年11月23日）

感　悟

混沌初开逾花甲，
赋闲渐悟鬓已花。
走笔自有苦中乐，
弄孙始知乐在家。
光阴飞逝如离箭，
夕阳落晖绘晚霞。
至诚向善待人事，
清心寡欲度年华。

（2015年11月16日）

心底无私燃蜡炬

贺夫人雪影七十大寿。

人活七十古来稀，

不知不觉创奇迹。

回首青春尽芳华，

心底无私燃蜡炬。

老骥伏枥马蹄疾，

潇洒艺坛展才艺。

满园桃李孙绕膝，

耄耋百岁不费力。

（2018年3月19日）

腹藏哲思育桃李

贺夫人七十一寿诞。

己亥春来逾古稀，
谈笑声中柳丝绿。
弟妹祝福声未息，
儿孙相庆杯频举。
腹藏哲思育桃李，
胸怀马列著典籍。
栉风沐雨增芳华，
典雅端庄更秀丽。

（2019年3月19日）

有感雪影三十七年后重访中山大学

千里之遥寻旧影，

万分兴奋赴羊城。

讲台阶下忆旧课，

校园路上缓步行。

锡昌堂前拍美照，

古惺亭内思精英。

当年离家求真理，

功成报国献衷情。

注：雪影1982—1983年于中山大学哲学系就读教育部举办的全国青年教师进修班。

（2019年5月30日）

欣闻雪影再登黄鹤楼

仙道岂能白饮酒，
橘皮绘墙黄鹤留。
以善报善有因果，
将心比心无奢求。
龟蛇锁江桥飞渡，
江汉横流舟不愁。
三镇鼎立楚天阔，
九省通衢贯神州。

(2019年6月8日)

戏说接孙放学

天天去站桩，白发风中扬。

街路俱拥堵，校车排成行。

王子公主笑，衰翁老妪忙。

人间天伦乐，儿孙近身旁。

（2019年12月23日）

益寿延年松常绿

贺夫人七十二大寿。

七十二阶喜攀上，
典雅时尚更端庄。
诵诗感人动天地，
舞姿婆娑惊四方。
秉笔直书马克思，
执鞭教诲开心窗。
益寿延年松常绿，
比翼齐飞鹤成双。

（2020年3月19日）

庚子丹东行

犬子邀诚，父母登程。

"抗馆"忆史，致敬英雄。

黄蚬炒叉，小酒怡情。

玄武惊叹，近赏红枫。

长城漫步，急雨相迎。

趣逗海鸥，慢赏涛声。

毓麟公馆，静思采风。

大饱眼福，体健身轻。

感触颇深，不虚此行。

注："抗馆"乃抗美援朝纪念馆简称。

（2020年10月12日）

望月思亲

江城子·清明思亲

时常想又不愿想，想爹娘，悲断肠。悲从心生，肠断回龙岗。安得穿越回天力，合家欢，父母康？

不愿想却时常想，命难长，生贵享。惜时如金，生命当闪光。人生代代无穷已，父不输，子更强。

（2019年3月29日）

丁酉清明祭父有感

终生不忘养育恩，

念父之情似海深。

朝思暮想二十载，

音容笑貌如写真。

生生息息无止境，

子子孙孙有后人。

日月九天耀万世，

人生一刻值千金。

（2017年3月16日）

枝繁叶茂勿忘根

每逢佳节倍思亲，
梦中高堂笑吟吟。
疾步驱前扶一把，
何物阻隔手难伸。

每逢佳节倍思亲，
仰父遗墨字如金。
世途艰辛多感悟，
驾鹤匆忙未及吟。

每逢佳节倍思亲，
手捧药盒泪湿襟。
慈祥老母亲手送，
子女健康挂在心。

每逢佳节倍思亲，
喜迎儿孙又登门。
叩拜高堂献美酒，

枝繁叶茂勿忘根。

注：父亲李伯平精于书法，自成一体。母亲刘皓
国画造诣颇深。

（2019年2月5日　己亥春节）

《黄河大合唱》八十华诞有感

经典《黄河大合唱》，
杖朝之年回延安。
感天动地又重咏，
忆起先父热泪含。

遥想四十二年前，
烟台戏院激情燃。
潇洒家翁亲执棒，
黄河合唱喜出演。

指挥年方二十六，
身着淡蓝纺绸衫。
二百演员阵容强，
观众喝彩声震撼。

台下交头接耳赞，
"八路"老师才艺展。
家母常以此为傲，

"汝等不如父一半！"

注：2019年是《黄河大合唱》在延安创作并首演八十周年。母亲曾说，1947年父亲在烟台解放区任教时，策划、组织并指挥演出过《黄河大合唱》。

（2019年6月8日）

忆母二三事

(一)

光阴荏苒，母逝二年。
每念及此，老泪飞溅。
生余教余，历尽时艰。
恩泽永记，音容时现。

昔余年少，母效机关。
一对同事，新婴喜诞。
只叹无房，无以家安。
怀抱爱子，愁眉不展。

余家时住，市府"舍三"。
小楼两层，墙体红砖。
一栋四户，二楼东山。
和式住宅，小屋三间。

父母膝下，一女三男。

同事无房，母心不安。

说服家人，克服困难。

借房一间，帮渡难关。

同事夫妇，眉头舒展。

坐月有室，三口心安。

眼见房主，拥挤不堪。

感激不尽，珠泪涟涟。

(二)

半世纪前，世事坎坷。

全家六人，五处分扯。

余与小妹，知青两个。

康平开原，各去锄禾。

省里干校，父去劳作。

市属干校，母去建舍。

搬砖少人，母补缺额。

跳板高悬，跌地头破。

母伤儿急，心如刀割。
即刻请假，暂别公社。
母急出院，伤情不乐。
头部震荡，痊愈难测。

两弟年幼，知事不多。
家中留守，防身棍戈。
本该读书，却遇停课。
父母在外，自强不堕。

(三)

五七道路，父母在册。
下放农村，辽南庄河。
背靠大山，住在山坡。
主植玉米，特产苹果。

其时余在，外乡教课。
暑期放假，回家最乐。
母亲时在，医院负责。
路途遥远，翻山越河。

自告奋勇，每日骑车。

接送母亲，来往公社。

母心向善，助人为乐。

事虽平凡，彰显美德。

有一患者，囊中羞涩。

住院无钱，面露难色。

母遇相助，资助全额。

不求还款，回报弃舍。

患者务农，良善性格。

膊挎条筐，鸡蛋内卧。

谢词质朴，真情四射。

"感谢俺党，有恩于我！"

注："舍三"，指第三宿舍。

（2019年7月21日）

清明遥祭

清明陵园封，防疫园祭停。

哀思锁不住，遥祭隔长空。

（2020年4月4日）

念 父

至2020年8月，先父李伯平已离开我们23年。

赤心铸就了忠诚，

苦难铸就了坚强。

战争铸就了无畏，

砥砺铸就了信仰。

善良铸就了爱心，

大度铸就了豪爽。

仗义铸就了耿直，

严谨铸就了榜样。

勤奋铸就了博学，

阅历铸就了识广。

聪慧铸就了敏锐，

才艺铸就了声望。

（2020年8月29日）

望月思亲

今月曾经照千古，
后辈望月思先人。
九霄天宫寂且冷，
天地相隔泪倾盆。

(2020年10月4日)

别样世界

天净沙·夏游

　　绿江赤日黄花，扁舟空网飞霞，老友微醺大雅。江山如画，醉翻多少游侠。

（2017年6月30日）

如梦令·畅游绿江村

2017年6月上旬闲游宽甸鸭绿江畔绿江村后有感。

(一)

常记绿江日暮，舟停网飞瞩目。身傍黄花滩，眼眺江岸碧树。远处，远处，夕照炊烟如雾。

(二)

昨夜星稀月朗，窗外劲歌犹唱。醉卧炕榻暖，醒闻鸟语花香。绿江，绿江，桃源一处梦乡。

(2017年7月13日)

水调歌头·五老下长山

丁酉仲秋，五退休老友赴长海旅游，归作此篇。

皮口车换船，抬眼望天边。海空遥绘一线，列岛卧连绵。舟行如同耕田，犁后雪浪激涌，碧空鸥流连。相携渡海去，五老下长山。

祈祥园，小水口，金沙滩。天清水澈，难得空气倍新鲜。参鲍蛎螺海胆，海上牧场连片，海钓海鲜餐。大好河山美，饱览务争先。

（2017年9月19日）

天净沙·长海印象

　　银舟碧海金沙，岸礁渔港浮筏，参鲍虾螺蟹鳎。避炎消夏，退休君勿宅家。

（2017年9月21日）

念奴娇·长城

戊戌年暮春，机关退休摄友相伴登绥中县永安堡西沟长城有感。

崇山峻岭，卧黄龙，蜿蜒沧桑雄伟。缚地锥天，凌绝壁，探身幽谷戏水。蛰伏绥中，藏六百年，暗将宏图绘。万籁俱寂，或听姜女泣泪。

由先秦至明清，修造两千载，坚不可毁。关堡城垣，连烽燧，尽展古人智慧。越水穿山，逶迤四万里，恢宏壮美。横空出世，独创寰宇之最。

（2018年4月24日）

念奴娇·草原

　　天边云底，有沃野，遥远广袤无际。骄阳辉耀，和风徐，桦白花红草绿。兴安巍巍，羊奔牛卧，枣红马蹄疾。沿通天路，直入阿尔山区。

　　天辽阔地辽阔，余心更辽阔，愿无穷期。市井喧嚣，宜常往，桃花源清凉地。放飞心情，栉风又沐雨，忘掉年纪。夕照更明，且看老骥伏枥。

（2018年7月28日）

念奴娇·阿尔山

鬼斧神工，巧装点，桃源深藏兴安。天池如镜，映云影，峡谷石兔萌翻。白鹤亮翅，石塘林畔，湖岸缀杜鹃。桦林拥傍，驼峰直插云天。

山宁静水宁静，余心更宁静，陶醉怡然。环顾九州，有几多，蓝天绿水青山。天人合一，相伴与共生，敬畏自然。勠力共绘，美丽中国画卷。

(2018年8月26日)

天净沙·松江雨后夜

闲云孤星长空，矮冈湿野清风，净店高朋竞勇。蛙声频颂，壮余边塞之行。

注：2019年6月东北边疆行首宿吉林省安图县松江镇四合村。

（2019年6月22日）

忆秦娥·北疆远

北疆远，梦中山水抢入眼。抢入眼，湖广林茂，江阔峰险。

昔弱沃土任盗剪，今盛固边乾坤换。乾坤换，骄阳似火，赤旗招展。

（2019年6月22日）

天净沙·四合村之晨

　　浓雾浅露野香，静村鸣犬砖房，翠岗松涛送爽。雄鸡高唱，艳阳光耀边疆。

（2019年6月23日）

渔家傲·醉卧夕阳也灿烂

飞车北上似离箭，采风边塞补前憾。河山大好如画卷，任饱览，不出佳片非好汉。

耄耋之程路不短，千里跋涉跬步健。结伴出游乐无限，酒不断，醉卧夕阳也灿烂。

（2019年6月23日）

念奴娇·珲春怀古

北地浩瀚，三车驰，一路欢声不断。土字牌前，戛然止，失土之耻心颤。幸吴大澂，凛然索土，与俄寇争辩。鸟瞰三疆，怎抵边归海岸？

盛传土牌立时，官腐而兵朽，烟酒祸染。倭字牌立，吏跳穴，惊见护土好汉。国弱遭侵，民羸受欺，血泪洒沿边。今昌国运，中华谁人敢犯！

注：土字牌原是中俄两国第一界牌，位于原中俄边界的起点处。倭字牌原是第五界牌，1993年中俄联合勘界确定边界线走向并竖立新界桩后，由俄方负责拆除处理。

（2019年6月24日）

念奴娇·黑瞎子岛

远上东北，临极角，登上黑瞎子岛。两江交汇，上天赐，名洲抚远三角。湿毯铺地，江波抚岸，鲑游撼水草。广场太阳，何日洒辉东照？

昔收中东铁路，反失黑瞎岛，罪责谁晓？今索其半，诚可贵，回归母亲怀抱。疾首近代，国力衰微，疆土丧失掉。卫我中华，务保边关牢靠。

注：黑瞎子岛，又称抚远三角洲，是我国东北部极角，系位于黑龙江与乌苏里江交汇处主航道中方一侧之岛系，向为我国固有领土。1929年该岛被苏军占领。2004年中国收回该岛西部过半主权。

（2019年6月28日）

念奴娇·归心似箭

　　云压天低，雾笼地，极目远山苍茫。稻绿万顷，风车舞，细雨敲打窗响。车轮飞滚，迎风斗雨，披靡皆所向。歌声嘹亮，激起心旌摇荡。

　　坦途两车飞驰，不畏山水长，归心难挡。如画河山，景至美，却已无意欣赏。痴人醉心，世外桃源，天下遍寻访。最后方知，吾家才是天堂。

（2019年6月30日）

采桑子·浴疗静思

古泉千载汤岗涌，热气蒸腾。龙泉龙宫，大悦龙颜迎众生。

桑田沧海人皆换，逝水无情。人界穿行，广袤天宇陨流星。

注：鞍山汤岗子温泉发现至今已逾一千三百年。龙泉别墅为张作霖建，龙宫温泉（双翠阁）为日本人建。

（2019年9月8日）

念奴娇·秋游辽东

秋临宽甸，看青山叠翠，红枫妆染。水绿天蓝云漫卷，农户廪仓实满。黄椅山锥，火山遗迹，与玄武柱伴。春秋十万，古今之叹缱绻。

长城蜿蜒虎山，明朝始建，紧傍鸭江畔。千秋马訾水流缓，微澜不惊柳岸。固边强防，富民安境，胜景堪一览。凭栏兴叹，岁月于海南渐。

注：鸭绿江，汉代称为"马訾水"。

（2020年10月11日）

水调歌头·秋游尼罗河

2017年旅游再赴埃及有感。

秋游尼罗河，碧水映白帆。不知哪叶弯舟，会是太阳船？金字塔倚青天，仰识法老威严，漫漫黄沙边。亘古创奇迹，穿越四千年。

今非昔，开罗变，何以堪。文明古国，埃及华夏一手牵。旗有千红万紫，路有曲直弯转，明辨勿留恋。但愿梦终圆，中华傲世巅。

注：古埃及人认为，他们崇拜的太阳神乘太阳船每日东升西落，巡视世间。

（2017年11月27日）

念奴娇·英伦感怀

2018年10月31日启程赴英国、爱尔兰，再次体验蜻蜓点水式为期十二天的旅游。

机展双翼，驾祥云，万里西赴伦敦。观大本钟，望塔桥，赏泰晤士河韵。绕巨石阵，步巨人堤，探莎翁逸闻。古稀老叟，近瞻细品英伦。

首开工业革命，创君主立宪，聚敛资本。科技金融，占鳌头，源自剑桥牛津。名流辈出，奇才达尔文，诗魁拜伦。往昔霸主，何处寻尔遗尊。

（2018年11月25日）

绿江村采风有感

绿江仲夏菜花香，
笠翁日落撒网忙。
喧嚣闹市暂逃离，
宁静山村任徜徉。
结伴览胜皆佳景，
聚首醉吟尽华章。
采风驱车添情谊，
沐雨泛舟话沧桑。

(2017年6月24日)

西炮台怀古

戊戌暮春游营口西炮台，闻知今夏将逢该台筑
就一百三十周年。

戊戌春登西炮台，
甲午风云扑面来。
遥想黄海悲情涌，
近听辽河涛声哀。
邦弱民羸疆土丧，
国强军壮红运开。
泱泱中华睡狮醒，
严阵以待御狼豺。

（2018年4月18日）

黔之旅随笔　贵阳印象

晨别盛京飞金筑，
明南河畔瞻甲秀。
南庵阳明留诗处，
次韵二首终不朽。
蒙蒙细雨林城暮，
小小饭庄水花酒。
热锅骟鸡点豆腐，
熏酱青岩香猪手。

注：贵阳别称金筑、林城。其明代建筑甲秀楼系
全国重点文物保护单位。南庵毗邻甲秀楼，现名
翠微园。明代著名思想家、文学家、哲学家、军
事家王守仁（别号阳明）讲学时，曾数游南庵，
留诗《南庵次韵二首》。

（2019年4月15日）

黔之旅随笔 黄果树瀑布

万练飞空黄果树，

亚洲第一大瀑布。

三百尺宽拔头筹，

二十丈高分四路。

震耳欲聋轰交响，

铺天盖地泻水柱。

银雨洒街映川霞，

捣珠崩玉溅水雾。

奇观三百六十度，

五万年前天公铸。

人间胜迹谁发现，

大明霞客功卓著。

（2019年4月16日）

黔之旅随笔　青岩古镇

黔境古韵不多见，
筑南有镇名青岩。
画栋雕梁明清建，
重檐飞角刺破天。
曾育状元赵以炯，
教案涉外著史篇。
漫步镇街青石板，
访古探幽为今瞻。

注：青岩古镇位于贵阳南郊，为贵州四大古镇之一。

（2019年4月17日）

黔之旅随笔 醉游大小七孔

黔南世界遗产地，
荔波地球绿宝石。
秘藏深山神光闪，
震撼寰宇世皆知。
大小七孔天人造，
上下万步景随移。
惊仰东方凯旋门，
惊叹佳境当世稀。

注：贵州省荔波县被称为"世界遗产地""地球绿宝石"。

（2019年4月18日）

黔之旅随笔　千户苗寨

千户苗寨缀西江，
万方仪态源流长。
露天文化博物馆，
遍地芦笙恋歌扬。
银匠村里银饰靓，
长桌宴上频举觞。
醉美多彩贵州风，
中华处处幸福乡。

注：西江千户苗寨位于贵州省黔东南苗族侗族自
治州，是中国乃至世界最大的苗族聚居地。

（2019年4月19日）

黔之旅随笔　下司古镇

下司古镇秀，明珠藏深山。

阳明书院静，名犬吠街喧。

茶马古道驿，商贾化云烟。

过街多凡客，知行合一难。

注：下司古镇位于贵州凯里市之西偏南，有"清水江上的明珠"之称。

（2019年4月20日）

黔之旅随笔　阳明书院

下司古镇江边依，
阳明书院访客集。
心学成就传后代，
完人智慧通天梯。
理随心至心即理，
知是知非致良知。
知行合一先立志，
勤学改过责善兮。

注：下司古镇内有著名古迹阳明书院。

（2019年4月20日）

凤凰古城赞歌

凤凰古城赛凤城，
密藏湘西举世惊。
城垣阅世三百载，
沱江流韵万古铭。
地灵人杰垂青史，
从政为文留英名。
文学大师沈从文，
民国总理熊希龄。
腊肉酸汤口味爽，
酒鬼酒香馥郁型。
踏履老街石板路，
扑面苗乡风土情。
夜赏江畔吊脚楼，
隔岸灯火满江星。
遍访世界寻不见，
大美凤凰落武陵。

（2019年6月8日）

松 江 镇

松江名声远，大雁落又离。

美称"娘娘库"，安图旧署栖。

南望长白山，雪峰十六奇。

阁小神灵大，白衣观音居。

祭山有圣庙，神祠古迹遗。

焉知长寿土，阅近千年期。

注：松江镇位于吉林省安图县城之南，距长白山八十七公里。

（2019年6月22日）

防川抒怀

绝尘千里探珲春，
祥和一派罩边陲。
一指剑路堵绝地，
两厢铁网拦夕晖。
图们江流默无语，
男儿心痛如穿锥。
鸟瞰三疆游人盛，
日耀九州龙虎威。

(2019年6月23日)

凄美东宁

名源宁古塔之东，
垦荒招民始清廷。
治所初设三岔口，
东邻故土俄乌城。
一九三三一月冬，
侵华日军犯东宁。
抗联战倭难回天，
东北尽丧剜心疼。
为防邻俄筑要塞，
倭寇强行征劳工。
万千同胞尸骨埋，
十六万人影无踪。
一九四五八月九，
苏联红军入关东。
攻克东方马其诺，
二次大战功方成。
东宁今如旭日升，
山川秀美百业兴。

前事不忘后事师，

众志一心固长城。

注：东宁市系黑龙江省牡丹江市县级市，历史上是"九一八"后东北最后沦陷地，亦被称为第二次世界大战的最后战场。

（2019年6月24日）

绥芬河印象

名源河锥螺，满语绥芬河。

本属内陆地，割地成边郭。

东邻俄波城，公铁皆通车。

壮哉吾国门，互贸客不多。

卢布使用市，唯于该市设。

铺就新道岔，俄车可接驳。

远至海参崴，日本海扬波。

黄金通道长，远景不可测。

中东路楼群，建筑有六座。

日本领事馆，人头楼独特。

东正教堂小，闻名欠巍峨。

苏俄领事馆，占地面积阔。

白楼临周公，车站有特色。

苏俄学校处，匆忙中错过。

国际交通站，欧罗巴旅社。

苏军纪念塔，烈士谱凯歌。

木都幸福县，友谊连中俄。

期待再相会，难忘绥芬河。

注：绥芬河东邻俄罗斯滨海边疆区波格拉尼奇内。二十世纪二十年代周恩来、李大钊、罗章龙等曾秘密下榻绥芬河铁路大白楼。

（2019年6月25日）

兴凯湖流连

今之兴凯湖，唐代称湄沱。

金谓北琴海，边关卧碧波。

原为我内湖，强被俄寇夺。

三份抢走二，心痛如刀割。

大小分两湖，中有湖岗隔。

形似古月琴，岸畔布沼泽。

面阔淡水浅，特产白鱼多。

湖岗草木深，野兽藏树棵。

天赐原生态，鹤雕舞婆娑。

东方夏威夷，人与自然和。

注：兴凯湖，位于黑龙江省东南部，距密山市三十五公里。

（2019年6月26日）

大兴凯湖惊叹

千里瞻兴凯，适逢风鼓帆。

高湖连天近，水空一线牵。

怒波息复涌，浊涛声震天。

细沙惧浪策，水花散岸边。

骄阳当头照，劲风涨衣衫。

白鸥迎风伫，足踏浪花间。

湖势雄浑展，气象呈万千。

似曾相与识，疑是黄海迁。

人生亦如此，跌宕起波澜。

不图名与利，但求永平安。

（2019年6月26日）

雅致小兴凯湖

风平浪静小兴凯，

沼泽接岗鹭翔天。

远岸绿树画中碧，

近水白鱼浪里翻。

高台喜眺今盛世，

低栈乐观新景添。

水草掩鹢成双嬉，

芦荡幽深遮游船。

注：兴凯湖盛产大白鱼。鹢，指鹢鸊，水鸟，俗称
黑水鸡、水葫芦。

(2019年6月26日)

虎头镇览胜

虎头镇傍乌苏里，
马哈鱼常江中戏。
虎头山下关帝庙，
风霜三百巍然屹。
虎头要塞苏军破，
烈士塔上铭史迹。
二战终结纪念碑，
猛虎山顶书正义。

注：虎头镇位于黑龙江省鸡西市虎林市东部六十
五公里处，东连珍宝岛乡，与俄伊曼市隔江相望。

（2019年6月27日）

一说东疆行

2019 年，与昔日同事赴东北边疆行已逾一年，但始终难以忘怀。

一条边疆路，一腔爱国情。
一约八老友，一路两车行。

一袭银发飘，一盘红歌听。
一探古迹幽，一览河山明。

一面队旗艳，一机囊美景。
一壶小酒热，一再发诗兴。

一宿松江镇，一夜满空星。
一餐识珲春，一邻俄女生。

一窄进防川，一轮西日行。
一睹土字牌，一迎三疆风。

一洞筑东宁，一厢留罪证。
一战驱倭寇，一世警钟鸣。

一日绥芬河，一游名边城。
一瞻大国门，一感俄风情。

一池兴凯水，一藏屈辱踪。
一战成界湖，一胸怒难平。

一临乌苏里，一雾罩江东。
一纸书血泪，一失万土空。

一眺珍宝岛，一忆枪炮声。
一礼敬英雄，一寸土必争。

一进五林洞，一腔热血涌。
一位老战士，一心寻军营。

一度当过兵，一念牵半生。
一旁细观察，一边详打听。

一条小河畔，一块绿草坪。
一串青春忆，一段不了情。

一住四排村，一感赫哲情。
一哨镇乌苏，一敬边防兵。

一江乌苏里，一江曰黑龙。
一洲黑瞎岛，一观初日升。

一上黑瞎岛，一停喂蚊虫。
一登东极塔，一望东方红。

一进抚远市，一结此行程。
一条大白鱼，一扫盘碗空。

一直奔同江，一上返沈程。
一幅江山画，一览难尽兴。

一言难抒尽，一众老友情。
一次游不够，一定再成行。

（2020年8月4日）

走马观欧陆

2015年1月14日启程赴欧洲旅游，往返用时仅十三天。由德国波帕小镇码头登上莱茵河游船，此后，飞速浏览了德国法兰克福，奥地利因斯布鲁克，意大利威尼斯、罗马、佛罗伦萨，梵蒂冈，瑞士因特拉肯，法国巴黎，比利时布鲁塞尔和荷兰阿姆斯特丹等八国十地。

莱茵河上泛游船，
山巅古堡傲两岸。
罗马广场存史迹，
哈布斯堡威名传。

德奥相邻路不短，
忽见阿尔卑斯山。
黄金屋顶光辉映，
悲喜两面记凯旋。

威尼斯城水上建，
贡多拉舟桥下穿。

举世无双夫妻杯，
狂欢节上戴假面。

罗马古城忆当年，
斗兽场内血光溅。
喷泉雕塑满街市，
教堂林立耸云端。

佛罗伦萨多经典，
文艺复兴书画卷。
圣母百花大教堂，
米氏大师也点赞。

田园风光瑞士冠，
琉森湖水映雪山。
因特拉肯钟表荟，
小镇绿荫巧装点。

时尚之都多浪漫，
塞纳河畔铁塔悬。
凯旋门外宽街上，

优雅巴黎透悠闲。

罗浮宫中藏珍宝，
圣母院钟鸣耳畔。
金碧辉煌凡尔赛，
帝王永恒梦终断。

欧盟总部夜光灿，
滑铁卢地瑞雪绵。
撒尿小童街口立，
布鲁塞尔敬于连。

水城阿姆斯特丹，
钻石之都色斑斓。
金融贸易屈指数，
艺术建筑设计冠。
运河交织连成片，
填海造地人胜天。
郁金香美风车转，
谁知木鞋何时穿。

欧陆风云多变幻，

忽雨忽雪忽晴天。

欧陆冬景别样美，

只叹驻留时间短。

华人所遇皆笑脸，

中国制造随处见。

神清气爽游欧陆，

国强民富世人羡。

注：罗马广场，位于德国法兰克福老城中心。黄
金屋顶，坐落于奥地利因斯布鲁克。米氏，指米
开朗琪罗。宽街，指巴黎市的香榭丽舍大街。欧
盟总部，指比利时首都布鲁塞尔。

（2015年3月9日）

赴俄罗斯和北欧四国旅游有感

2015年9月14日至25日，赴俄罗斯和北欧的芬兰、瑞典、丹麦、挪威四国旅游，途经柏林。余曾学俄语、教俄语，访俄是多年的愿望。十年前余曾因公出访北欧的芬兰、瑞典、丹麦三国；挪威也在出访计划中，因故未能成行。此游算是补上了缺憾。

一、初识圣彼得堡

穿云破雾跃蓝天，
一夜飞行遂夙愿。
双眸饱览俄盛景，
圣彼得堡初谋面。

彼得大帝建城垣，
二次大战历苦难。
抗敌围困九百日，
列宁格勒坚如磐。

彼得保罗要塞老，
阅世已历三百年。
战火硝烟未染指，
羁押政敌变牢监。

冬宫艾尔米塔什，
精美房屋千余间。
建筑风格洛可可，
涅瓦河畔傲苍天。

沙皇宝藏世人羡，
藏宝厅室四百间。
每件只看一分钟，
阅毕历时需数年。

港口塔柱镶舰艏，
敬睹舰队二百年。
十二月党喋血处，
青铜骑士倚青天。

阿芙乐尔巡洋舰，

炮声鸣响冬宫陷。

劳苦大众揭竿起，

怒涛冲垮旧政权。

十月革命威名远，

中华仿效掀巨澜。

沧海桑田乾坤换，

人类历史展新篇。

（2015年10月4日）

二、再访芬兰、瑞典、丹麦

（一）芬兰

斗转星移整十年，

金秋再次访芬兰。

山河依旧人已老，

往事如烟令人叹。

首访飞抵千湖国，
再访车行入边关。
长驱直入大森林，
俄芬国土紧相连。

议会广场市民欢，
首都地标美名传。
沙皇雕像中央立，
傲视众生露威严。

赫尔辛基大教堂，
宏伟庄严气宇轩。
绿顶白墙矗高台，
建筑风格新古典。

大海女神阿曼达，
傲立码头市场畔。
奥林匹克运动场，
中华健儿初露面。

西贝柳斯世人赞，

天籁之音颂芬兰。
举世无双巧构思，
基督教堂石中建。

唯美小镇波尔沃，
芬兰独立它亲见。
河畔排屋红胜枫，
恭迎沙皇临此间。

昔日首府图尔库，
傍依波的尼亚湾。
韵味无穷回眸望，
登临邮轮驶瑞典。

（二）瑞典

夜海茫茫灯几点，
黎明抵达瑞典岸。
又来斯德哥尔摩，
感受典雅与恬淡。

老城古韵今犹存，
王宫历世三百年。
通信巨头爱立信，
昔日辉煌难得见。

晨雨沐浴皇后岛，
踏绿漫步御花园。
古斯塔夫今安在，
世外桃源传美谈。

群星辉耀音乐厅，
金厅起舞蓝厅宴。
驻足慨叹诺贝尔，
人类文明多贡献。

瓦萨沉船警后世，
悲喜即在转瞬间。
文化广场赛格尔，
水晶灯柱夜来灿。

驱车赶往奥斯陆，

横穿瑞典沃野间。
夜宿卡尔斯塔德，
店前碧流水潺潺。

维纳恩湖平如镜，
冰河物种世罕见。
匆匆过目虽肤浅，
终生难得好历练。

（2015年9月30日）

（三）丹麦

挪威胜景未尽览，
港口邮轮已离岸。
即将驶往丹麦界，
哥本哈根下一站。

清晨再睹美人鱼，
凄美模样未曾变。
神农喷泉势仍盛，

女神掘地水花溅。

阿美琳堡国旗升，
女王可在凭窗看。
腓特烈像广场立，
四座宫殿颇壮观。

议会大厦遥相见，
新港酒吧街面宽。
市政厅前秋雨急，
闲逛女王琥珀店。

安徒生像置街畔，
静坐旁观不眨眼。
世间诸事皆冷暖，
童话之中仔细看。

匆匆登上滚装船，
罗斯托克在彼岸。
德国大地车行急，

夜幕降临柏林现。

（2015年10月2日）

三、感受挪威

挪威首都奥斯陆，
人山人海满城欢。
巧遇赛会马拉松，
拼搏精神路人羡。

雕塑公园维尔兰，
诠释生命不虚传。
座座雕像会说话，
倾诉人生苦与甜。

凹形砖色市政厅，
装饰完善五十年。
雕塑展现挪威史，
和平诺奖在此颁。

王宫矗立高岗上，
御花园林融自然。
城堡阿克什胡斯，
复兴风格尽展现。

绿茵黄叶小红房，
墨河银浪水流湍。
草包肥羊房上茅，
积雪如玉缀峰巅。

"雪蛇"条条挂绝壁，
峡湾碧水映蓝天。
苔藓绘就五彩画，
上帝打翻调色盘。

列车穿越峰峦间，
近观瀑布湿衣衫。
游艇惊醒湾里鱼，
访客宛若画中仙。

弗拉小镇停车歇，

"黑熊"招手惹人羡。
老妪拍照摔伤脚，
告诫游人重安全。

注："雪蛇"，挪威人对峡湾两侧山崖上"悬挂"的由积雪融化形成的细流的称谓。"黑熊"，指挪威弗拉小镇的黑熊雕塑。

（2015年10月2日）

四、途经柏林

柏林尊容虽得见，
夜幕尽遮访客眼。
马恩广场难得去，
菩提街旁站一站。

勃兰登堡门巍峨，
尽显普鲁士威严。
胜利女神门顶立，
炫耀战果纪凯旋。

国会大厦穹形顶，

旅游胜地客不断。

柏林墙隔东西德，

断壁残垣历冷战。

（2015年10月2日）

五、秋游莫斯科

镰刀斧头胸中握，

插翅飞抵莫斯科。

秋风助我遂夙愿，

只叹赤旗变三色。

列宁红场安然卧，

耳畔犹闻《国际歌》。

克里姆林塔楼顶，

红星闪耀光芒射。

遥想七十四年前，

纳粹兵临莫斯科。

寒风阵阵袭红场，
晨雪飘飘罩战车。

无畏统帅斯大林，
阅兵式上做演说。
"乌拉"声巨破敌胆，
将士疆场奏凯歌。

国家历史博物馆，
朱可夫像立楼前。
亚历山大花园内，
无名烈士圣火燃。

圣瓦西里大教堂，
洋葱屋顶色彩艳。
地标建筑世公认，
伊凡雷帝敕令建。

斯巴斯克塔楼上，
报时巨钟传声远。
通往红场凯旋门，

曾被推倒又重建。

古姆百货大商店，
典雅古朴不虚传。
世界名品任挑选，
冰激凌球味道鲜。

地铁深掘为备战，
雕塑壁画藏经典。
胜利公园广场阔，
战争记忆难填满。

基督救世主教堂，
炸毁又建为哪般？
五个金顶洋葱头，
浴火重生更耀眼。

麻雀山上观景台，
尽收眼底好景观。
远眺莫斯科大学，
第一学府得亲见。

肃穆新圣女公墓，
名人安息碑立传。
盖棺论定昭后人，
雕塑艺术溢满园。

轻哼"莫斯科北京"，
归程又上九重天。
离乡始觉世界大，
出游方知路途远。

回想各国旅游地，
国人爆满成景观。
老外娴熟操汉语，
"问候"声声展笑颜。

（2015年10月3日）

流年逝水

天净沙·春盼

　　蓝天大厦朝霞，亮窗盆壤天芽，茑萝牵牛癞瓜。冀求盛夏，绽出多彩鲜花。

(2017年8月8日)

天净沙·春雪

戊戌年正月二十八，惊蛰末，凌晨见天降大雪，后闻惊雷。

　　鹅毛夜降无声，寂空晨送雷鸣，闪电穿窗梦醒。雪祥年盛，仲春携暖蛰惊。

（2018年3月16日）

清平乐·春夜喜雪

　　昨夜风烈，挥洒漫天雪。满城街灯眨眼悦，妆树罩车遮月。

　　天公冬日中邪，不降冰雪覆街。人若侵扰自然，报复永不停歇。

（2019年2月15日）

鹊桥仙·七夕会立秋

墨云罩地，夜窗挡雨，皓月当空难望。山盟海誓动心弦，上苍助、鹊桥通畅。

凉来暑去，孟秋起始，金风荷塘送爽。抢膘啃秋逢盛世，赏夕照、霞飞目晃。

(2019年8月8日)

采桑子·仲秋望月

　　仰探玉盘出何处，天宇遨游。夜笼寒秋，团圆之光洒五洲。

　　亲情乡情家国爱，多少离愁。万古悠悠，斗转星移情永留。

（2019年9月13日）

满庭芳·闲话小年

己亥隆冬，腊月廿三，朔风送来小年。车拥街路，零落几声鞭。古施礼今食饴，恭祭送、灶神升天。衣食足，心宽年越，一年又一年。

昔廿四祭灶，始于拜火，火烹食鲜。择前日，清同祭灶与天。北地改南未变，日虽异、节庆同源。中华盛，国泰民安，一代一代传。

（2020年1月17日）

临江仙·大寒

　　悠悠岁月飞驰箭，转瞬射入大寒。冰封雪罩万重山。虽居冬寒里，却近春杜鹃。

　　漫漫人生戏一场，角色出演轮番。脚踏实地不流连。明知有落幕，奋勇也争先。

（2020年1月20日）

潇湘神·嫩柳芽

嫩柳芽，嫩柳芽，
春寒砥砺不停发。
北燕未归迟几日，
南风一夜艳桃花。

（2020年4月27日）

捣练子·春寒

寒冬去，暖气停，

骤降室温地似冰。

电褥棉服皆上阵，

春寒岂敢赛严冬。

（2020年4月28日）

秋风清·庚子立夏随想

春宵长，夏旦凉。万物茂繁始，斗指东南方。四时八节立夏至，拄心吃蛋瘴疠防。

(2020年5月5日　立夏)

江城子·竹赞

万竿挺立翠荫深。忍风侵，耐雨淋，节节高举、素扮不争春。常报平安托远雁，箫奏乐，简存文。

墨香画卷总栖身。正直魂，高雅心。位寒三友、坚列四贤君。享誉七德琅玕赞，怀若谷，气凌云。

注：据称竹之七德为正直、奋进、虚怀、质朴、卓尔、善群、担当。

（2020年5月15日）

玉蝴蝶·夜雨随想

夜雨突降暑消，电闪雷声咆。倾盆又泼瓢，砸地水烟飘。

畴能补天漏，驱云除毒妖？何惧庚子枭，中华尽英豪。

注：杜甫《九日寄岑参》有"安得诛云师，畴能补天漏"句。

（2020年8月17日）

浣溪沙·海屋添筹

　　银发稀疏历风霜，皱纹细密岁月藏。无忧无虑无人妨。

　　吟诗著文心智健，栽花种竹体魄强。海屋添筹盛世常。

注：海屋添筹，成语，旧时用于祝人长寿。

（2020年8月20日）

鹊桥仙·七夕抒怀

祥云七彩，西天惊现，织女绛丝绣缎。迢迢银汉万古寒，怎抵过、乌鹊桥暖。

人生一世，夕照堪览，如奏渔舟唱晚。家和国兴寿南山，定得见、华图大展。

（2020年8月25日）

阮郎归·台风"巴威"

　　墨云遮天蔽日光，秋风频送凉。"巴威"北侵势脱缰，辽域全民防。

　　校停课，船禁航，何惧风雨狂。岂料登陆偏东厢，有备便无妨。

（2020年8月27日）

万斯年·庚子大雪

大雪应雪却无雪，

寒冬不寒疫寒烈。

白驹过隙隙又白，

吟风月，

著书页，

自谋自忙自欢悦。

（2020年12月7日　大雪）

望海潮·室竹逢小寒

　　叶轻摇曳，枝青斜长，翠荫一抹临窗。逐日竞光，争高向上，中通外挺无香。抔土见竹刚。窗外北风雪，艳羡温房。东北寒冬，乐得见四季春光。

　　罡风不测难防。卷沈水巨浪，毒逞凶狂。传染力强，蛰伏日长，奈何战鼓铿锵。竹自傲冰霜。疫岂能逆转，正道沧桑。辛丑牛气正壮，光明在前方。

（2021年1月7日）

瑞雪迎春分

二月春风剪刀差，
不裁柳叶裁雪花。
柳芽未生何飞絮，
落絮难阻嫩草发。

（2019年3月21日 春分）

己亥孟冬初雪

夜来无声息，径自天降地。

飞羽湿人脸，落花成水汽。

白袍盖枯草，寒风裹黍粒。

霜玉妆街市，冰晶滤大气。

银絮闪路灯，迷雾遮天宇。

吉兆在今夕，来年成大计。

（2019年11月14日）

冬至闲思

冬至始数九，新近旧将休。

大地冰雪罩，小饺热汤游。

日斜白昼短，人归乡情稠。

南国祭祖日，北地寒天悠。

（2019年12月22日）

观　花

窗前一朝颜，洁白缀蓝边。
经世无尘染，率真面青天。

（2020年3月7日）

庚子立夏寻朝霞

立夏观朝焰，楼群挡半边。

日红难照面，淡淡晕东天。

（2020年5月5日）

倚窗眺夕阳

接天楼宇沐落霞，
瞰地彩云似浮花。
尘世喧嚣渐归静，
日轮一落引灯发。

（2020年6月1日）

竹 园 叟

青翠一轴挂窗前，
深居简出醉竹园。
两耳贪闻人间事，
一望无际天外天。

（2020年6月22日）

附仇晓东诗：
和小平《竹园叟》
小窗竹影绿充盈，
似画非画美如屏。
摄仙诗翁操翰墨，
清词丽语意纵横。

（庚子　仲夏）

竹报平安

和晓东《和小平<竹园叟>》。

抛砖引来玉玲珑，
天外有天情谊浓。
庚子之难阻谋面，
竹报平安越时空。

（2020年6月23日）

居有竹园

余家有扇面北窗，
不乏明亮少阳光。
好花难开叶猛长，
蔚成竹园气节藏。

（2020年6月22日）

知足常乐

陋室有竹食有鱼，
老有所养乐无期。
喜看顽孙渐成器，
扬州之鹤鄙人骑。

（2020年6月22日）

余 晖

落日余晖红满天，
谢幕之前浓情染。
天地人生有常规，
明晨东方朝日现。

（2020年6月25日 端午）

北国暑雨

日落宽街尾灯红，
千里久盼南来风。
盛京暑热一日尽，
多少楼宅烟雨中。

（2020年8月13日）

处暑遐思

伏雨频仍暑气消，
晨夕凉爽秋虎燎。
希望田野禾乃登，
锦绣园林菊含苞。
半街露面卸口罩，
举国翘首盼疫苗。
病毒肃杀指日待，
恰似风扫落叶飘。

（2020年8月22日）

大雾弥天

梦醒清晨观窗外，

云雾弥城举目白。

世间万物皆不见，

云消雾散又重来。

(2020年9月12日)

庚子立冬感言

斑斓秋叶未赏尽，

携寒挟冷立冬临。

寰球疫情愈吃紧，

世界经济趋沉沦。

此番格局重分野，

彼岸选战乱纷纷。

唯见东方喷薄日，

光耀九州大地温。

（2020年11月7日　立冬）

庚子冬沈城初雪

居高凭窗望北天，

楼宇接踵衔远山。

风卷落黄忘情舞，

雪花飘飞竞缠绵。

（2020年11月19日）

上　班

车灯排排汇银河，

惊起东方日喷薄。

起早贪黑付辛苦，

赢得盛世好生活。

（2020年12月11日）

庚子腊八逢大寒

大寒心暖南风朔，

腊八粥香飘北郭。

雪白气清近元日，

蒜绿醋爽远病魔。

冬去春来又轮回，

除旧布新再开锣。

镰锤开启百年盛，

五星辉耀千秋国。

（2021年1月20日　大寒）

庆 元 宵

清晨微信贺元宵，
爆竹销声问候到。
春窗易眺朝阳升，
宅门难阻团圆笑。
舞龙猜谜吃汤圆，
百病走尽花灯闹。
庚子神州世称奇，
辛丑国运正当道。

（2021年2月26日 元宵节）

昭陵拾趣

卜算子·咏莲

花开惊柳岸，蕾羞傍碧伞。终是暗蓬傲青天，谢瓣落翠碗。

青枝出淤泥，粉朵尘不染。玉殒香消却无悔，只为莲子现。

(2019年7月10日)

卜算子·荷叶赞

翘伞擎池中，碧辉洒水面。不蔓不枝不抢眼，傍花乐无限。

风疾茎不折，雨骤根不烂。若无绿叶做铺陈，哪来荷花艳。

（2019年7月11日）

卜算子·荷叶雨珠

夜雨降明珠，击叶如敲磬。晶莹剔透滚玉盘，伴星满池映。

在天随云渡，落叶缀花景。白日蒸腾终飞尽，寻龙化云影。

(2019年7月14日)

如梦令·暑雨突袭北陵后

暑雨急来速走，西天龙霞忽露。花瓣托水珠，翠草碧树绿透。雨后，雨后，神清气爽目秀。

（2019年7月15日）

如梦令·雨中垂钓

　　热雨洒湖泛泡，探身抛投飞钓。贪吃鱼咬钩，提竿手抄暗笑。不小，不小，可惜龙门未跳。

(2019年7月16日)

天净沙·昭陵秋韵

　　霜叶赤果黄花，晚风翔鹊浮鸭，碧水朱墙亮瓦。金秋如画，傍湖贪赏飞霞。

（2019年10月10日）

天净沙·昭陵秋叶

　　金枫赤栎苍针，艳阳清水杂林，窃喜精观细品。远何如近，北陵秋叶缤纷。

（2019年10月22日）

好事近·昭陵冬日赏月

　　月上神桥头，风荡平湖月影。玄兔穿云伴送，人成画中景。

　　千古寒月照今身，浑然不觉冷。生命万代不辍，恒久同天竞。

（2019年11月12日）

杨柳枝 · 咏柳

　　杨树空柳叶半黄，入寒冬柳枝不僵。沐伏雨柳丝垂钓，驾春风柳芽吐香。

（2019年11月13日）

闲　游

戊戌腊月中，昭陵暮观松。
林间现雪雕，冰上戏顽童。
世如园喧闹，人须闹中宁。
静以修身性，淡泊是人生。

（2019年1月22日）

春至昭陵

夕阳晖下湖冰开，
古松枝头鹊声嗨。
黄瓦红墙遮王冢，
沧桑难掩扑面来。

(2019年3月18日)

己亥清明北陵踏青

难得清朗天，斜阳金灿灿。

喜鹊登枝近，苍松涛声远。

千朵桃花艳，万条柳丝软。

林间跃松鼠，湖中映云卷。

（2019年4月6日）

立夏游北陵

湖畔长椅坐，园内煦风清。

眼前野鸭戏，耳后喜鹊鸣。

心如湖水静，目比蓝天明。

有心赏垂柳，无事一身轻。

（2019年5月6日）

公园摄影师

繁花招蜂且诱人，
摄友盛装抖精神。
长焦近瞄选佳作，
殚精竭虑摄花魂。

（2019年5月8日）

飞 来 鸭

扑棱几声过，野鸭一双落。

平湖百花绽，惊鱼四处躲。

如入无人境，收翅安然卧。

引来长焦镜，远摄与同乐。

（2019年5月15日）

雨后北陵公园

空气漫树香，深吸更舒畅。

薄雾未散尽，林间任游荡。

园径润甘霖，健步松针上。

湖畔听鸟语，风清沐身爽。

（2019年6月3日）

湖畔随想

日照湖面星几点，
船逐野鸭仪态憨。
葫芦丝奏曲悠远，
岁月流水不复还。

(2019年6月4日)

观 荷

平湖隐翠芽，浮叶渐生发。

终成绿绒毯，静待粉荷花。

蕾若水蜜桃，娇羞藏芳华。

待到怒放时，摇曳任人夸。

（2019年6月5日）

听 松

风停寂无声，唯闻戏鸟鸣。

风轻松针摇，松鼠跃无踪。

云卷风雷动，怒涛瞬间生。

浮生概如此，几多波澜惊。

(2019年6月6日)

"打"鸟人

密林暗隐身，痴心"打"鸟人。

守株静待客，飞身抢镜勤。

人迹罕至处，鸟道仔细寻。

有志事竟成，铁杵磨成针。

(2019年6月7日)

夏至北陵

梨树满枝果，古松巨荫遮。

柳丝钓湖水，草丛鸣虫歌。

银鹰空中越，松鼠树穿梭。

万物沐日辉，人与自然和。

(2019年6月21日)

小暑雨后北陵

雨后水涨湖面高，
柳丝随风任逍遥。
蜻蜓点水相追逐，
野鸭振翅越神桥。
阔叶撑伞遮骄阳，
荷花玉立露羞娇。
暑热难阻佳人兴，
塘畔摆拍竞妖娆。

（2019年7月7日）

百变湖水

风平无浪镜一般，
微风水动鳞波连。
劲风推波浪微起，
风狂助澜涛冲天。
小雨挥洒清泡涌，
大雨瓢泼浊浪掀。
人生岂不经风雨，
栉风沐雨只等闲。

（2019 年 7 月 22 日）

昭陵春忆

煦风几时催，桃花开竞相。

湖冰裂千隙，瓦雪化露黄。

草芽吐嫩绿，松针藏暗香。

树鼠摇帆尾，喜鹊登枝忙。

（2019年7月25日）

昭陵消夏

斜晖洒红墙，苍松享天光。

满园百花艳，景致在荷塘。

春鸭已长大，秋树叶未黄。

翁妪融自然，盛世暑亦降。

（2019年7月25日）

昭陵逢秋

古松初染霜，阔叶红与黄。

灰鹤备南迁，松鼠贮食忙。

菊花瓣镏金，喜鹊补窝墙。

只待寒冬至，瑞雪兆吉祥。

（2019年7月25日）

昭陵之冬

雪罩方城墙，冰封荷花塘。

风卷残云渡，树涛吼四方。

鸟鹊窝中躲，松鼠洞里藏。

唯见冰上客，飞身斗风霜。

(2019年7月25日)

北陵雨中漫步

墨云弥天，疾风飞旋。

雨丝随后，淅沥入园。

慌忙撑伞，疾步趋前。

雨打碧叶，声润心田。

路湿人稀，鸟雀不欢。

古松荫下，彩蘑突钻。

雨抚湖面，风荡游船。

水流暗动，钓翁收竿。

劲风忽起，乱云飞天。

疾雨骤至，落地生烟。

正红门外，水漫金山。

下马碑前，水滴石穿。

岸旁快艇，舱满水淹。

船工手舀，加紧排干。

俄顷风定，天露笑颜。

阳光普照，荷花争妍。

（2019年8月3日）

寒露临昭陵

寒露不见露，晨风却彻骨。

鸟雀缩颈脖，荷绿屈指数。

国庆热未消，客众园路堵。

菊瓦竞黄颜，赤日暖乐土。

（2019年10月8日）

盛世赏秋

步韵晓东《赞小平北陵秋摄》。

昭陵绝景隐丛林，

一镜难囊意胜焚。

盛世如枫呈百态，

秋光沁腑化诗魂。

（2019年10月22日）

附仇晓东诗：

赞小平北陵秋摄

昭陵枫赤不见林，

亦有红橙叶似焚。

携镜撷英娇百态，

精拍细摄展秋魂。

昭陵秋风催霜叶

昨宵秋雨骤，瑟瑟掠寒风。

赤槭皆零落，白杨半树空。

黄金铺土径，锦缎缀茅坪。

松鼠埋秋果，仓盈岂惧冬。

（2019年10月25日）

赏昭陵迷人秋光

朔风萧瑟，松涛激昂。

霜叶落尽，鹊巢呈祥。

枫槭红红，银杏黄黄。

杨叶圆圆，柳叶长长。

黄金铺地，彩锦遍镶。

天高气爽，风筝翱翔。

湖映云影，游船待航。

众客添衣，欢乐照常。

一年一度，迷人秋光。

岁月浸染，金瓦红墙。

老夫信步，园内徜徉。

愿乘长风，笑看夕阳。

（2019年10月30日）

赞昭陵季秋翠草

秋风尽扫，遍野枯黄。

片草青翠，独傲风霜。

寒气难近，背靠红墙。

树荫不及，满洒阳光。

大千世界，物态万方。

天时地利，实难均享。

（2019年10月31日）

荷塘秋色

枯枝塘内挺，竟任朔风狂。

满籽莲蓬傲，新芽不日昌。

（2019年10月31日）

傲冬盼春

立冬交十月，开通冷界门。

霜叶皆落尽，保茎且遮根。

鸟兽潜形迹，巢穴养精神。

三冬终会去，静待艳阳春。

(2019年11月8日 立冬)

昭陵赏初雪

入夜覆满园，晨起游客增。

宝顶披银袍，隆山起玉龙。

轻罩石狮顶，浓妆惜芸亭。

苍松白冠戴，金瓦素缎蒙。

风动降凇雾，日照化冰凌。

绝景现寒天，回暖影无踪。

（2019年11月15日）

大雪时节游北陵

城外万顷玉田并，
园内一湖碧水封。
洁工奋力清残雪，
只待冰上跃飞鹰。

（2019年12月8日）

庚子年劳动节北陵游园随笔

二〇二〇，五二游园。

红日当头，白云缀天。

万众纷至，口罩遮面。

购票验证，门禁森严。

绿码通行，排队距宽。

园路延深，人流舒缓。

迎春瓣黄，丁香紫鲜。

桃红梨白，繁花尽添。

新草吐碧，老枝绿还。

松针放翠，柳条飞悬。

喜鹊登枝，欢声竞喧。

上下翻飞，蛱蝶欲仙。

高歌曼舞，叟乐童欢。

林间漫步，情怡心宽。

闲椅静坐，暖阳抚脸。

帐内享荫，席地野餐。

放眼四望，吉祥满园。

凝思九州，希望空前。

举国一致，聚力回天。

社会主义，赞声震天。

唯我中华，誉满云天。

平安福地，别有洞天。

摘下口罩，期待明天，

毒必落荒，人定胜天。

（2020年5月2日）

北陵公园闲坐

和风轻卷，柳絮漫天。

平湖飘雪，孤蓬思莲。

松苍果嫩，花艳草鲜。

蜂飞蝶舞，吉祥大千。

注：孟夏，北陵公园内的古松已结出翠嫩的松果。

（2020年5月7日）

北陵碧湖风光

波光粼粼，小舟荡漾。
野鸭凫水，泳客逐浪。
神桥柳垂，红门松唱。
蓝空高远，白云悬放。
堪比西湖，神怡心旷。

（2020年5月12日）

昭陵又一秋

秋风携来遍野霜，
满园秋树地披黄。
秋阳暖草露珠亮，
喜鹊登松秋菊香。
风卷残枝留余响，
雨打败叶知坚强。
春生冬藏夏忙长，
唯有金秋好时光。

（2020年10月28日）

清昭陵赋

己亥孟冬，寒月十八，暮云遮月，劲风旋刮，凉夜静肃，冷雨突发。继而转雪，遍野飞花。身居高楼之上，视野阔广。怎奈雪雾迷眼，暗夜目障。凭窗远眺，昭陵茫茫。但喜盛世隆运，瑞雪吉祥。

次日晨，艳阳出，入陵观，踏雪路。但见下马碑威，石牌坊挺。神桥铺银，玉带河清。正红门敞，三神道长，石像生众，大碑楼方。红墙内望柱顶抵面南，暗含盼君归，祭扫勿忘；方城外华表巅犼朝北，寓意望君出，节制哀伤。仰观华表，低思传说，白鹤劝诫，信者几何。相传辽东有君丁令威，学道化鹤千年归，飞离华表劝世众，遁入道门仙愿遂。观隆恩门，人称原有四金链相接，意蕴江山万代；上五凤楼，言传昔可眺百里之遥，南赏太子河白。隆恩殿台基高，翡翠拜石稀，无价宝藏；

- 285 -

丹陛彩石寄，福祚绵长。只望"万年龙虎抱，夜夜鬼神朝"。嗟乎！可叹王子皇孙心机枉，孝子贤孙梦缥缈，唯留古建传世宝。登临宝城，寂寥无声。但见苍松白冠半戴，金瓦素缎全蒙；风动树降凇雾，日照雪化冰凌；宝顶遍披银袍，隆山跃起玉龙。

雪后静观绝景，触景不禁思前。上溯三百余载，天命十有一年，努尔哈赤瑷鸡堡宾天，八子皇太极袭位称汗。改号天聪，中央集权；志在入关，夺明政权。一六三六，大清始建，盛京称帝，崇德建元。崇祯十三，崇德七年，明军惨败，松锦之战，蓟辽总督，洪承畴叛。崇德八年，八月初九，皇太极崩，年五十一，觊觎中原，未偿夙愿。次年四月，清军入关，攻陷京师，问鼎中原。驾崩当年，昭陵始建；名效世民，皇陵耀天；帝后合葬，吉地万年。一六五一，旋即增修，经年四十，旧扩新翻。清承明制，族色增添；前朝后寝，规模空前。

夫昭陵选址，章法特立。受制八旗方位之

限，择定京北正黄旗地。内中龙脉皇寺交会，建陵风水大吉。龙脉之源长白山，南接永陵启运山，西延福陵天柱山，再西龙岗紧相连。龙岗低缓，客土堆山，子山午向，凤翥龙蟠，尊封隆业，后靠成全。后山前水，玉带腰缠。陵区禁地广袤，史载边防四至：东濒二台子，西临小韩屯，南至保安寺，北依三台子。陵寝尊享阔土，凡二百四十亩。陵禁森严，界牌明限。鹿角木陵前近设三面，红白青界桩远立周边。红桩中寸草为贵，白桩里禁行其间，青桩内不得樵采烧炭。陵治钦设，三陵衙门。守陵侍卫，官职二品，世袭罔替，贵为重臣。自昭陵初建，陵区封禁，至清帝位逊，漫度二百七十秋春。得益严管，适时修缮，陵寝壮观；林深泉涌，生态极佳，鸟兽怡然。

民初战乱，国库银乏，昭陵失修，破败凋残。一九二五，三陵衙撤，陵治政务，移交警处。四乡警察，巡查守护。一九二七，城市拓展，昭陵纳入市区，辟为北陵公园，开放市民入内，禁地始露尊颜。市长雄心规划，欲使凫世界之大观。一九三一，九月十八，事变突发，沈阳为日寇侵占，公园计划流产。进而大片国土沦陷。光复后国统时，陵区残兵侵占。乌云罩陵，蔽日遮天。

白驹过隙，地覆天翻。一九四八年，十一月二日，沈阳解放，昭陵见天。古迹文物获宠，国家立法规范。昭陵新生，喜讯频传：五十年代，总体规划绘就；一九六三，全省保护优先；一九八二，全国保护重点。二〇〇三，申遗开元，严照标准，大幅修缮，历史原貌，终获重现。乐哉美哉！二〇〇四，全国保护重点登录世界文化遗产。

此正乃：
新中国成立兮昭陵重生，
共产党领导兮古迹复兴，
中华文明传承兮万代不辍，
人类史册彪炳兮虎踞龙腾。

（2019年12月18日）